포근한 바람결 되어

포근한 바람결 되어

발행일   2022년 12월 22일

지은이   임연
펴낸이   손형국
펴낸곳   (주)북랩
편집인   선일영   편집   정두철, 배진용, 김현아, 류휘석, 김가람
디자인   이현수, 김민하, 김영주, 안유경, 최성경   제작   박기성, 황동현, 구성우, 권태련
마케팅   김회란, 박진관
출판등록 2004. 12. 1(제2012-000051호.)
주소   서울특별시 금천구 가산디지털 1로 168, 우림라이온스밸리 B동 B113~114호, C동 B101호
홈페이지 www.book.co.kr
전화번호 (02)2026-5777   팩스   (02)2026-5747

ISBN   979-11-6836-624-4 03810 (종이책)   979-11-6836-625-1 05810 (전자책)

(주)북랩 성공출판의 파트너

북랩 홈페이지와 패밀리 사이트에서 다양한 출판 솔루션을 만나 보세요!

홈페이지 book.co.kr   •   **블로그** blog.naver.com/essaybook   •   **출판문의** book@book.co.kr

---

작가 연락처 문의 ▸ ask.book.co.kr

작가 연락처는 개인정보이므로 북랩에서 알려드릴 수 없습니다.

포근한 바람결 되어

임연 시집

🌊ᵃ북랩

서문

✠

    팬데믹이라는 시간은 그동안 마음속을 휩쓸고 지나다니는 생각들을 정리해 보는 시간을 갖게 해 주었다.
    나를 살펴보는 소중한 시간이었지만, 한편 나의 모두를 털어 놓는다는 부끄러운 마음이 앞선다.

    이 시집은 동시, 묵상의글, 일상의 글이라는 3영역으로 나누어 다루었다.
    나의 삶은 대부분 아동을 위해 살고 있으며, 어린이와 함께하는 마음이 되어 동시를 써 보았고, 가톨릭인으로서 아주 작은 잔 꽃송이만 한 신앙이기에 늘 주님의 보호를 청하며 묵상한 내용을 시로 써 보았다. 그리고 일상생활에서의 일들을 써 보았다.

    돌이켜 보니 나의 삶도 민들레와 같아 보인다.
    민들레가 자라 씨가 맺히면 천상의 바람결 타고 어딘가에 다시 정착하여 뿌리를 내리듯, 나 또한 부모를 떠나서 그렇게 뿌리를 내리며 살아왔다.

나의 아이들도 민들레의 삶처럼 천상의 바람결 타고 가까이에 뿌리 내리기도 하고, 멀리 날아 가서 뿌리 내리기도 한다.

　내가 해 줄 수 있는 일은 이젠 내 아이들이 성장하여 내 손이 닿지 않는 곳에 살고 있어도 이제는 나의 한 마디의 글을 읽고 위안을 받기를 바라는 것이다.

　이 시를 읽는 여러분들에게도 포근함이 감도는 바람결처럼 위안이 되어 주는 한 구절이라도 있기를 희망하며 감사의 마음 담아 이 시들을 펼친다.

　아울러 내가 시를 쓰면 읽어 주는 나의 팬들, 남편 박두성 요한, 네 딸들 박은영 리사, 박목영 쥬디, 박소영 베로니카, 박재영 마리아가 있다.

　그리고 일러스트레이션을 전공하고 이 책의 표지를 만든 둘째 딸 박목영 쥬디, 나의 가족 모두에게 감사한다.

목차

✠

일상의 글

동시

강아지풀

살랑살랑
바람에 흔들거리는
강아지풀

나의 팔등 위에서도
흔들거리고 있네.

햇볕의 따뜻한 사랑을
듬뿍 받으며
하늘하늘거리는
강아지풀

서로서로
연초록의 사랑을
주고받고 있네.

따뜻한 햇볕이 스며
나의 팔등을 간지럽히던
강아지풀

보송보송 솜털의
부드러움을
살며시 전하며

나의 팔등 위에서도
포근한 엄마의 마음 담아
따뜻한 사랑을 전하고 있네

무지개 마음

아롱다롱
그리움 머금은
무지개

방울방울
무지개 되어
인사하네.

예쁜 꽃들아
나와 함께
무지개 될까

연초록 풀잎들아
나와 함께
무지개 될까

노랑나비야
나와 함께
무지개 될까

모두 모두
고운 빛 물들어
무지개 마음
만들어지네.

걸음마

아장아장
걸음마
아기 걸음마

엄마 손 잡고
뒤뚱뒤뚱
어설프게 내딛는
아기 걸음마

예쁜 꽃을 만지러
노랑나비 잡으러
뒤뚱뒤뚱
아장아장

어설프게 내딛는
아기 걸음마

해님도 기쁨으로
가득 차서 바라보네
아기 걸음마.

포근한 바람결 되어

무지개

고운 물방울
수줍은 듯
하늘을 날고

비 갠 후
상쾌한 햇빛 머금어
무지개 되네.

잠시나마
고운 빛 살포시 전하고
사라지는 무지개

한 켜 한 켜
아름다움 접어서
마음에 쌓이네.

바람

바람아 바람아
오늘은
누구를 태우고 오니

바람아
두둥실 두둥실
구름을 태워다 주고

바람아
오늘은
보슬보슬
비를 태우고 오니

바람아
내일은
소복소복
눈을 태우고 오겠네.

포근한 바람결 되어

바람아 바람아
따뜻한 봄날을
그리워하는
나를 태우고

어렸을 적
엄마 아빠
내 동생들과
놀던 때로
데려다주렴.

백로

아침 햇살로 물든
은빛 물결을 가르며

물 위에 둥실둥실
떼 지어 헤엄치는
까만 철새 오리들

부모형제와 함께
즐거운 나들이
둥실둥실
은빛 마음 되었네

외톨이 되어
물가를 맴도는
백로 한 마리

눈가에 촉촉이
은빛 물방울 맺히고

방울방울 맺힌
은빛 물방울에
부모형제 물들어 흐르고

따뜻한 햇살에 기대어
찰랑이는 물결 소리와
친구 되어 서 있는
백로 한 마리

비 갠 후

파란 하늘
하얀 뭉게구름
물 위에 비치고

물오리 둥실둥실
구름과 벗하며
하늘마음 전해 듣네.

나무에도 풀잎에도
형제인 물의 마음
촉촉이 건네주며

비 갠 후 햇빛으로
생기 가득한 기운
모락모락
피어오르네.

아가 걸음마

아장아장
서투른 아가 걸음마

뒤뚱뒤뚱
서투른 아가 걸음마

흔들흔들
서투른 아가 걸음마

주저앉았어도
다시 일어나 걷고픈
서투른 아가 걸음마

흔들흔들
서투른 발걸음
정겨운 손길로
일으켜 세워 주시네.

소나무

눈보라 속에서도
푸른 빛 자태
간직하며

꿋꿋하게 서 있는
소나무

살포시 쌓인
하얀 눈에 흠뻑 젖은
솔잎

얼음물이
알알이 맺혀
반짝이네

또옥 또옥
물방울 친구

포근한 바람결 되어

하나 된
솔잎 마음 전하며
땅 위를 적시네.

눈

눈이 내리네.
아름답게 내리는
함박눈

소복소복
온 세상은 어느새
새하얀 빛의 세상으로
되네.

비바람에 휘날리며
내리는 진눈깨비
물이 되어 살며시
적시며 지나가네.

햇빛으로
함박눈은 온 세상을
은빛으로 펼치고

진눈깨비는 물이 되어

포근한 바람결 되어

모두를
촉촉이 적시어 주네.

아름답게 내려
하얗게 쌓인
눈의 모습을 닮은

한 폭의 그림을
그리는
오늘이 되게 하여 주소서

내리는 눈

바람결 타고
살짝 내리는 눈
빨간 꽃송이에 앉아
하얀 꽃송이 되어 주고

바람결 타고
살랑살랑 내리는 눈
들판의 모든 사연들을
살며시 덮어
하얀 들판 만들어 주고

바람결 타고
소리 없이 내리는 눈
내 마음에도
살포시 내려앉아
하얀 마음 선물하네

이슬방울

또르르 또르르
영롱한 빛을 머금고
맑은 마음
수줍게 선보이고

풀잎새 위에 살포시 앉아
싱그러운 아침 마음
전해 주고

이슬방울 어우러져
온 땅을 촉촉이
사막의
오아시스 되어 주며

또르르 또르르
영롱한 이슬방울
은빛 세상 되어
하늘마음 전하네.

웃음 꽃밭

마음에 웃음 가득
얼굴에 웃음 가득

서로에게 건네는
마음에
예쁜 꽃을 심어요

바람결에 살랑살랑
시원함을 전하는
그러한
예쁜 꽃을 심어요

눈비가 몰아칠 새면
살포시 고개 숙이는
그러한
예쁜 꽃을 심어요.

언제나 화사함을 날려 주고
향기 그윽한
웃음의
꽃밭 얼굴 만들어요.

친구

하얀 물을 머금은
공기 방울은
물안개가 되고

하얀 물안개가
훨훨 날아올라
하늘하늘
솜털 구름이 되어

파아란 하늘에
마음껏 그림을
그리네.

살며시 바람을
부르면서
같이 그리자 하네.

포근한 바람결 되어

너와 내가
친구가 되어
아름다운 하늘이
만들어지네.

크레용

나의 친구
크레용아

변해가는
나의 아름다운 모습
같이
색칠해 볼까

나의 친구
크레용아!

나는 봄
나와 함께
예쁜 새싹
색칠해 볼까

나는 여름
나와 함께
눈부신 바다

색칠해 볼까

나는 가을
나와 함께
울긋불긋 고운 잎
색칠해 볼까

나는 겨을
나와 함께
눈 덮인 산
색칠해 볼까

예쁜 나의 친구
크레용아!

십자가의 사랑

방울방울
예수님께서 피땀을
흘리시네

방울방울
성모님께서 피눈물을
흘리시네

방울방울
하느님께서도 피눈물
흘리시며
바라보시네

거룩함으로 흘리신
피와 땀방울들
모두는

한 방울 한 방울
찬란히 빛나는

포근한 바람결 되어

사랑 되어

하늘을 가득
채우고 계시네.

꽃망울

꽃을 피우기 위해
기다림의 시간을
보내고 있는
꽃망울

활짝 피어오를
꽃송이의
설렘을 간직한 채

따스한 햇볕을
머금고 있는
꽃망울은

태양 빛에
팡팡 튕기듯

하루의 잔치
또 벌어지고 있는
이 아름다움의 자연 안에

소박한 마음을 간직한 채
자신을 활짝 여는
기쁨의 순간을
기다리며

언제나 희망을
안고 살고 있는
꽃망울

꽃바구니

저마다의 꽃향기
듬뿍 담아
하늘 높이 날려 주는
꽃바구니

꽃향기 가득 모여
마음 향기 되고

은빛 마음
금빛 마음
아롱다롱 새겨

두둥실

저마다의 향기
하늘 높이
날려 주고 싶은
꽃바구니

토마토밭

토마토가
주렁주렁 열려 있는
토마토밭

뜨거운 태양 볕이
넘실넘실
일렁이는
열기 아래에서

초록빛 잎사귀 사이로
빨강 토마토는
수줍은 듯
나를 부르네.

보송보송
빨갛게 고운 빛으로
물들이면서
나를 기다렸다는 듯

온몸으로
뜨거운 열기를
받으며 키워낸
열매를
기꺼이 나누어 주네.

토마토는
가족이
떨어져 나가는
아픔을
받아들이면서

아쉬움이
가득한 마음으로
열매를 기꺼이
나누어 주고 있네.

어느새
토마토를 따는

포근한 바람결 되어

나의 마음은

고마움과
미안함으로
가득하네.

고마움의 열매
사랑의 열매

토마토밭은
나에게
사랑의 밭이네.

Crayon

My friend
Colorful crayon!

My changing
panoramic scenery,
Would you paint with me?

My friend
Colorful crayon!

In Spring,
Would you paint with me baby leaves?

In Summer,
Would you paint with me
shiny ocean?

In Autumn
Would you paint with me

colorful leaves?

In Winter
Would you paint with me
snow mountain?

My friend
Colorful crayon!

Grapes

Baby small buds

Becoming

Big green leaves

Always tiny grapes

Absorbing

Soft wind and sunshine

Shy baby grapes

Growing

Quiet with peace

Behind green leaves

Shy baby grapes

Overwhelming

Quiet with Peace

In the world.

Grapes are hanging

Drip, drip

Giving

with a joyful life.

Bluebird

Bluebird, bluebird
Sitting
on the grass

Little girl, little girl
Welcoming
the bluebird

Little girl, little girl
Running
Toward the bird

Whoa! Whoa!
Come on
Pretty bird

Bluebird, bluebird
Missing you
Lovely bird.

Hummingbird

Fly, fly
Hummingbird
In the sky

Dancing, dancing
Hummingbird
With the foliage

Talking, talking
Hummingbird
With each other

Smiling, smiling
Hummingbird
With the flower

묵상의 글

묵주

한 알 한 알

성모님께서
사랑 가득 담아
건네주신 묵주

은총의 신비가
알알이
셀 수 없이 새겨져
빛나고

영혼의 빛을 향해
희망을 건네주는
따뜻한 위로의 묵주

한 알 한 알

포근한 바람결 되어

예수님 마음과
성모님 마음
하나 되어
빛나고 있네.

묵주기도

예수님 곁에서
늘 우리를 위해
빌어 주시는
성모님

예수님의
한없는 사랑을
전해 주시려고

가르쳐 주신
이 묵주기도로

제 영혼이
성모님의 향기로
성모님의 빛으로
물들어 살도록
감싸 안아 주소서.

포근한 바람결 되어

환희의신비1단

마리아께서 예수님을 잉태하심을 묵상합시다.

사랑의 예수님을
잉태하셨네
알렐루야

세상의 빛이신 예수님을
잉태하셨네
알렐루야

지극히 거룩하신 마리아
하느님 말씀에
겸손되이 순종하시었네
알렐루야

나도 성모님 따라서
겸손되이 순종하는 자
되도록 빌어 주소서.
아멘.

환희의신비2단

마리아께서 엘리사벳을 방문하심을 묵상합시다.

설렘과 기쁨으로
아기 예수님을
잉태하고 계신
성모님

엘리사벳과
영광된 하느님을
함께 찬미하려고
달려가셨네.

성령으로 감싸여
겸손되이
하느님 찬미를
노래하며
기쁨을 나누셨네.

온 세상의 구원을 위한
산실이 되신
성모님께서는

우리들에게도
영광된 하느님을
함께 찬양하자고

겸손되이
찬미의 노래를
전하고 계시네.

환희의신비3단

마리아께서 예수님을 낳으심을 묵상합시다.

임마누엘이여

성모님께서는
산고를 겪으시며
아기 예수님을
이 세상으로 모셔 오셨네.

임마누엘이여

온 세상에 임하시고
나에게도 임하시네

구원을 위한 빛으로
위로와 희망을 주시러
세상에 오시었네

임마누엘이여

포근한 바람결 되어

성모님 곁에서
영광과 찬미드리며
한량없는 기쁨과 감사의
기도를 바치는 은총 주소서.

환희의신비4단

마리아께서 예수님을 성전에 바치심을 묵상합시다.

겸손되이
아기 예수님을 안고
성전에 바치시는 성모님

거룩함으로
감싸여 계시네.

우리 모두를 받아 안고
성전으로 향하시는
성모님

사랑으로
모두를 성전에 바치시네.

성모님의 품에 안겨
성전에 바쳐지기를 꿈꾸는
제 간절한 기도를 들어 주소서.

포근한 바람결 되어

환희의신비5단

예수님을 성전에서 찾으심을 묵상합시다.

거룩한 성전이신 예수님
본향인 성전에 계시었네

잃으셨던 예수님을
다시 찾으시는
기쁨 가득한 성모님 마음

길을 헤멜 양이면
성전으로 다시 향할 때까지
애를 쓰시는 성모님.

다시 성전으로 향하는
온 마음 될 때는
기쁨 가득한 성모님 마음.

거룩한 예수님 마음
거룩한 성모님 마음 닮는
제가 되게 하소서.

빛의신비1단

예수님께서 세례를 받으심을 묵상합시다.

물과 성령으로
다시 태어나시는
예수님

하느님 앞에
겸손되이
순명하셨네.

우리에게도
세례를 통해 구원의 길을
열어 주신 예수님

언제나 주님의 사랑 안에서
순명하는
내가 되게 하소서

묵상의 글

빛의신비2단

예수님께서 카나에서 첫 기적을 행하심을 묵상합시다.

어머니의 간절한 청에
기적을 행하시는
예수님.

우리의 바람이
이루어지기를
바라시는 성모님

지금 이 순간도
성모님께서는

우리의
한마음 한마음을
보살펴 주시고

믿음 소망 사랑 가득한
기쁨의 포도주를
가득가득 채워 주시기를

간청하시며
바라보시고 계시네.

빛의신비3단

예수님께서 하느님 나라를 선포하심을 묵상합시다.

오늘도
하느님의 기쁜 소식을
선포하시고 계시는
예수님

하느님의 자녀가 되도록
길을 열어 주고 계시는
예수님

하느님께 가까이 가도록
우리의 빛으로 오신
예수님

말씀을 따르는
내가 되도록
자비를 베풀어 주소서.

포근한 바람결 되어

빛의신비4단

예수님께서 거룩하게 변모하심을 묵상합시다.

감히 우러러
천상의 빛으로
에워싸여 계시는
예수님.

거룩한 모습으로
변모하시었네.

우리도
거룩한 삶이 되도록 바라시는
예수님

언제나
세상의 빛과 소금이 되라는
예수님 말씀을 따르는
제가 되게 하소서.

빛의신비5단

예수님께서 성체성사를 세우심을 묵상합시다.

감히
헤아릴 수가 없는
예수님 사랑

예수님은
우리 구원을 위해

거룩한
성체 성혈을
빵과 포도주의
형상으로 남기셨네.

겸손하신 사랑을
우리 마음에

지금도
가득 담아 주시며
속삭여 주시네.

포근한 바람결 되어

너희와
늘
함께 있겠다고

끊임없이
함께하시기를
바라시는 예수님

거룩한
성체성사를 세우셨네
알렐루야.

고통의신비1단

예수님께서 피땀 흘리심을 묵상합시다.

겟세마니 동산에서
피땀 흘리시는
예수님

가련한 저의 구원을 위해
당신을 내어놓으셔야 하는
순간 앞에서

아버지의 뜻대로 이루어지도록
피땀을 흘리시며
기도하시네.

저희들이 하느님과
함께하기를
간절히 기도하시는 예수님

저도 또한
예수님이 흘리시는 땀방울을
닦아 드릴 수 있도록

성모님과 함께

기도하는 은총 주소서

고통의 신비2단

예수님께서 매 맞으심을 묵상합시다.

우리를 위해
잔인함에 몸을
내맡기신 예수님

견딜 수 없을
수없이 내리치는
매를 맞고 계시네.

우리를
하느님 곁으로
이끌려는
오직 그 사랑으로

매를 맞고 계시네.

하느님께서
영원한 구원을
우리에게 선물로
주시기를 원하시는

포근한 바람결 되어

예수님.

인내와 극기로
참아내고 계시네.

나에게도
손을 내밀며
같이
참아내자고 하시네.

고통의신비3단

예수님께서 가시관 쓰심을 묵상합시다.

우리를 위해
묵묵히
아픔을 견디고 계신
예수님.

하느님의 계획에
묵묵히
순명하고 계신
예수님

그 많은 가시에
짓눌리시기까지
참혹한 고통을
참아내고 계시네.

가시 하나에도
견디기 어려워
절절매는
나를 보네.

포근한 바람결 되어

극도의 아픔까지도
인내하시는
예수님.

내가 지어 온
사랑과 인내를
모두 합쳐서

예수님의 가시를
하나라도
빼내어 드릴 수 있는
내가 되게 해 주소서.

고통의신비4단

예수님께서 우리를 위하여 십자가 지심을 묵상합시다.

십자가를 메시고
갈바리아 산을
오르시는 예수님

한 걸음 한 걸음의
발자취가
나의 영혼에 새겨지네.

힘드시어
피와 땀을 흘리시며
걸으시는 예수님

한 방울 한 방울의
흘리심이
나의 영혼에 적셔지네.

군중들의
야유를 들으시며
걸으시는 예수님

모든 야유가
일렁이며
나의 영혼에 스며드네

힘드시어
넘어지시며
극기하시는 예수님

오늘도
나의 영혼을
일으켜 세우시며

예수님의
십자가 지심을
일깨워 주시네.

고통의신비5단

예수님께서 십자가에 못 박혀 돌아가심을 묵상합시다.

상상할 수 없는
고통 중에서도

우리의 구원을 위해
아낌없이 당신을 내어 주신
사랑의 예수님

내 영혼의 목말라함이
안타까우신 예수님

나를 대신해서
고통 중에
목마르다 하시네.

내 영혼의 못 박힘이
안타까우신 예수님

나를 대신해서
참혹하게

못 박히고 계시네.

나의 영원한 생명을 위해
나를 대신해서
십자가에서 돌아가셨네.

오로지
우리의 구원을 위해

아낌없이
당신을 내어 주시는 사랑을
닮는 제가 되게 하소서.

영광의신비1단

예수님께서 부활하심을 묵상합시다.

예수님
부활하셨네

설레는 마음으로
무덤을 열고
우리에게
다시 오신 예수님.

아침을 여는
신비의 새벽녘
우리에게 오셨네.

어두움을
빛으로
밝혀 주시러
다시 오신 예수님

성모님께
생기로 가득 차오르는

포근한 바람결 되어

부활의 선물을
안겨 주시네.

알렐루야.

영광의신비2단

예수님 승천하심을 묵상합시다.

본래
하느님과 함께
하늘에 계셨던 예수님

다시 영광되이
하늘로
승천하시네.

산고를
겪고 난 후의
산모의 모습처럼

힘든 고통과 죽음을
이기고 난 후의
예수님의 모습이시네.

하얀 하늘의
옷을 입으시고
거룩한 모습 되시어

포근한 바람결 되어

승천하시는 예수님

예수님을 닮을 수 있도록
성모님과 기도드릴 수 있는
은총 주소서.

영광의신비3단

예수님께서 성령을 보내심을 묵상합시다.

우리 구원을 위해
성령님을
보내 주신 예수님

사랑으로
우리와 함께 계시기를
바라시는 예수님

우리에게
성령님 보내 주셨네.

하느님의 사랑으로
세상 끝날까지
우리 영혼의 구원이
이루어지도록

성령님 보내 주셨네.
알렐루야!

영광의신비4단

예수님께서 성모님을 하늘로 불러올리심을 묵상합시다.

어머니를
그리워하신 예수님
성모님을
하늘로 모시었네

아드님이신
예수님과 일치하고
싶으신 성모님

영광에 휘감기시어
하늘로
불러올리심을 받으셨네.

천상의
모든 천사님들의
환호를 받으며
하늘로 오르셨네.

찬란한 태양빛도
기쁨에 넘쳐
일렁거리고

신비로움에
감싸여
하늘로 오르셨네.

포근한 바람결 되어

영광의신비5단

예수님께서 마리아께 천상모후의 관을 씌워 주심을
묵상합시다.

성모님께
천상모후의 관을
씌워 주신 예수님

하느님의 딸,
예수님의 어머니,
성령의 정배
역할을 해내신
성모님

거룩한
천상의 옷으로
갈아입으셨네.

예수님께서
거룩한
천상모후의 관을
씌워 주셨네.

십자가

예수님의 십자가로

나의 걸음걸음은
빛을 향하여
걸을 수 있네

비바람이 부는
밤길을 걷고 있는
나의 걸음걸음은
빛을 향하여
걸을 수 있네.

진흙밭을 걷고 있는
나의 걸음걸음도
빛을 향하여
걸을 수 있네.

예수님의 십자가로

포근한 바람결 되어

나의 십자가를
빛으로
위로해 주시고 계심은
사랑이네.

예수님의 십자가로

나의 십자가를
빛으로
녹아내리고 계심은
사랑이네.

십자가의 길

피투성이 된
예수님을 향한
채찍 하나하나

무거운 십자가 형틀의
짓눌림으로
넘어지시는 예수님

인간의 잔혹 함을 보여 주는
처참한 가시관
십자가의 짓눌림
손과 발의 못질
창으로 찔리심

제 마음에도
이 참혹한 수난의 길을
마음 가득히
담아 걷게 하소서

성모님의 가슴 아파

포근한 바람결 되어

흐르는 눈물을
제 마음 가득히
강물 되어 흐르게 하소서

아들을 희생제물로
바치서야만 하는
하느님의 희생

감히

제 마음 가득히
담는 은총
허락하소서

거룩한 미사성제를
세우시러
십자가의 길을 걸으시는
예수님과 함께

오늘도
회개의 삶으로
미사성제를 거행하고
십자가의 길을 걷는
은총 허락하소서

십자가의길 제1처
예수님께서 사형선고 받으심을 묵상합시다.

볼품 없이
초췌해진 줄도 모르며
살고 있는
나의 모습에

하늘을 우러러
간청하시는
예수님

어리석음의
야유를 받으면서도

우리들로 향한
연민과 자비로
희생되시려는
예수님

묵묵히
우리의 구원을 위해

포근한 바람결 되어

사형선고를 받으시며
하느님의 뜻에
순명하시네.

희생되시는
예수님 마음
제게도 영원히
깊이 새겨 주소서.

십자가의길 제2처

제2처 예수님께서 십자가 지심을 묵상합시다.

말없이 묵묵히
십자가를 지시는 예수님

군중들의 야유는
다른 사람들에게 퍼붓는 욕설이요

매 맞으심은
다른 사람들을 치는 것이었네.

이 모든 잘못들을
묵묵히 짊어지시는
예수님

어리석음으로
얼룩진
저의 십자가를
대신해서
지고 계시네.

포근한 바람결 되어

피하고 싶어 하는
나의 십자가를
끌어안고
걸으시는 예수님

예수님과 함께
십자가 지는 은총
허락하소서.

십자가의길 제3처
예수님께서 기력이 떨어져 넘어지심

희생양의 제를
올리고 계시는
예수님의 넘어지심

예수님의 고통을
고스란히
내게 내려 주소서

성모님의 고통을
고스란히
내게 내려 주소서

하느님의 애처로운
마음을
내게 내려 주소서.

한없이 메마른 내 마음에
사랑의 마음
흐르게 하여 주소서.

십자가의길 제4처

예수님께서 성모님을 만나심을 묵상합시다.

선을 추구하며 살기를
간절히 바라시는
하느님 사랑

참혹함을 당하시는
예수님을 바라보시는
성모님

위로의 눈길을 보내시는
예수님

애처로이 바라보시는
하느님

마음이 합쳐져
슬픔의 하늘 되는
순간이네.

가여운 우리네 마음을
어여삐 보시어.

십자가의길 제5처
십자가 옮기심을 돕는 시몬

예수님과 함께
십자가를
짊어지는 시몬

내 이웃에게
무거운 십자가를
지게 하고 있는
나를 뉘우치며

회한의 눈물로

예수님을 도와
십자가를 지는
시몬을 바라보네.

예수님 곁에서
내 이웃에
한걸음에라도
도움 드리고 싶은
나의 마음 되게 하소서.

포근한 바람결 되어

십자가의길 제6처

성녀 베로니카 예수님의 얼굴을 닦아 드림을 묵상합시다.

하느님께
구원을 위한
자비를 구하시며
피땀 흘리시는
예수님

피투성이 예수님께
다가가서
얼굴을 닦아 드리는
베로니카의 용기

내 이웃에게
피땀 흘리게 만든
나를 뉘우치며

피투성이 된
내 이웃의 얼굴을
닦아 주는 용기를
제게도 주소서.

십자가의길 제7처

예수님께서 기력이 다하여 두 번째 넘어지심을 묵상합시다.

힘에 겨워
다시 넘어지시는
예수님

나의 죄의 무거움을
보여 주시네.

일어서실 수도
없으신 예수님

예수님의 고통받으심을
내게 내려 주소서

성모님의 고통을
내게 내려 주소서

하느님의 애달픈 마음을
내게 내려 주소서.

십자가의길 제8처

예수님께서 예루살렘 부인들을 위로하심을 묵상합시다.

살이 묻어나는
아픔의 순간에도

불쌍히 여기시며
위로를 해 주시는
예수님

예수님 닮은
사랑의 마음으로

어려운 이웃을
위로하는
내가 되게 하소서.

십자가의길 제9처

예수님께서 세 번째 넘어지심을 묵상합시다.

나의 삶 하나하나를
제물로 봉헌하고
계시는 예수님

나 자신도
이웃을 언제나
넘어지게 함을
뉘우치며

회한의 눈물로

나를 대신해서
십자가를 지시며
지쳐서 넘어지시는
예수님을 바라보네.

험난한 십자가의 길이
버거우셔서
세 번째나 넘어지시는

포근한 바람결 되어

예수님

간절히 하느님께
나를 위한
용서를 구하고 계시네.

예수님과 함께
지쳐서 넘어지시는
고행길
제 영혼 되는
은총 허락하소서.

십자가의길 제10처

예수님께서 옷 벗김 당하심을 묵상합시다.

인간이 겪는 행위
하나하나를
제물로 봉헌하고 계시는
예수님

나 자신도
이웃의 옷을
벗겼음을 뉘우치며

참혹하게도
나를 대신해 옷 벗김을
당하고 계시는
예수님을 바라보네.

옷 벗김을 당하시는
예수님

간절히
하느님께 나를 위한

용서를 구하고 계시네.

사랑하는
나의 예수님
옷 벗김 당하심을
제가 받게 하소서.

십자가의길 제11처

예수님께서 십자가에 못 박히심을 묵상합시다.

나의 삶
하나하나를
제물로 봉헌하고
계시는 예수님

나 자신도
이웃에게 못을 박고
있음을 뉘우치며

회한의 눈물로

나를 대신해서
십자가에 못 박힘을
당하고 계시는
예수님을 바라보네.

십자가에서
못 박힘을 당하고
계시는 예수님

간절히 하느님께
나를 위한
용서를 구하고 계시네.

예수님과 함께
못 박힘의 상처
제 영혼 되는
은총 허락하소서.

십자가의 길 제12처

예수님께서 십자가에서 돌아가심을 묵상합시다.

나의 삶
하나하나를
제물로 봉헌하고
계시는 예수님

나 자신도
이웃을 십자가 위에서
죽게 하고 있음을
뉘우치며

사무치는
회한의 눈물로

나를 대신해서
모든 수난과 고통을 안고
십자가에서
돌아가심을 바라보네.

십자가 위에서
돌아가신 예수님

간절히 하느님께
나를 위한
용서를 구하고 계시네.

예수님과 함께
죽음을 맞는
제 영혼 되도록
은총 내려 주소서.

십자가의 길 제13처

제자들이 예수님의 시신을 십자가에서 내리심을 묵상합시다.

예수님의 시신을
내리시는 제자들

예수님의 시신을
받아 안으신 성모님

한없는 피눈물
강물 되어
하느님께 이르고

오로지
우리를 향한
예수님의 자비의 마음

시신을 내리는
제자들에게도
나에게도
깊이깊이 흐르네.

포근한 바람결 되어

십자가의길 제14처

예수님께서 무덤에 묻히심을 묵상합시다.

인간이 겪는
마지막인 죽음까지
겪으시고
무덤에 묻히심은

내가 겪는 모두를
하느님께
봉헌하기 위함이시네.

내가 겪어야 하는
죽음과 무덤까지
함께하시는 예수님

저희가 하느님 안에서
함께 머물 수 있는
영광 주시려

사랑으로
완전한 희생제물

되신 예수님

온 마음으로
예수님과 함께하는
은총 내려 주소서.

포근한 바람결 되어

파스카

사랑으로
어려움에 처한 백성을
구원하시는 하느님

새로운 계명으로
혼돈에서 질서로
해방시키시는 하느님

파스카의 잔치에

하느님 사랑과
모두의 사랑은
상쾌한 봄의 기운 되어
하늘 가득 메우고 있네.

부활

열렸네

온 세상 가득
평화로움으로
강렬한 빛으로

열렸네

온 세상 가득
사랑의 기운으로
찬미 찬양 드높음으로

열렸네

온 세상 가득
삼위일체 신비의 길로
영원한 생명의 길로

하느님 사랑의 신비를
완성하신 예수님

세상을 여셨네.

일상의 글

감사의 마음

언제부터이려나
생명으로 태어나는 기적을
베풀어 주신 하느님

매 순간 기적의 선물을
베푸시며 기회를 주시는
하느님

티끌만 한 바람결에도
흔들려 버리는
가녀린 나의 마음

희로애락으로
모자이크되어
얼룩져 있는 나의 모습

언제이려나
솜털처럼 가벼워진
내 영혼 되기를 간구하며

매 순간

기회를 주시는

하느님께 감사 찬미드리네.

굼벵이

나는 굼벵이랍니다.

흙 속에서도,
나무에서도,
배춧잎 속에서도
살고 있는
굼벵이랍니다.

바람이 불면
바람을
견디어야 하고,
추위가 오면
살얼음의 추위를
견디고 있어야 하는

흙 속에 있으면
짓눌리는 답답함과 어두움을
견디어야 하고,
몸이 잘리는 아픔도

견디고 있어야 하는

나는 굼벵이랍니다.

언제나 감사의 마음으로
훗날 하느님 곁에서
감히

작은 아기 천사가 되어
날아다니는
꿈을 꾸는

나는 굼벵이랍니다.

나

먹구름 사이로 비치는
파란 하늘에 가슴 뛰놀듯
설레는 마음 되어
오늘을 바라보네.

고개 고개 능선의 아름다움을
함초로이 담아내는
얼기설기 저 엷은 안개에
나의 숨결도 서려
푸른 숲 지나고

바람 타고 일렁이며
아름다운 천상의 이야기를
끊임없이 들려주는
반짝이는 바닷물결은
나와 함께
귀 기울이자고 하네

포근한 바람결 되어

파란 하늘빛
햇살 서려 있는 오늘을
펼쳐 주신
이 소중한 찰나 찰나에

하나 되어 숨 쉬며
구원을 향한 천상 빛으로
물들어 사는
내가 되게 하소서.

나무

나무는
하느님께서
주신 자리를 지키면서
한 자리에 우뚝 서 있네.

비에 젖고
눈을 맞고
꽁꽁 얼어 있어야 하고
바람이 부는 대로
그 자리에 서서

자기만의 모습으로
나이테를 그어가며
의연한 모습을
보여 주고 있네.

봄을
여름을
가을을

겨울을

그렇게…
수없이 만나면서

나무는
언제나 그 자리를 지키며
서 있네.

나도
하느님께서 주신
소명을 다하고 있는

저 나무를 닮고 싶네.

나의 가족을 위한 기도

오늘 처럼 지쳐 있는 나
토닥여 주시며
언제나
나를 지켜 주시는
성모님

이제는 나의 손길이
닿지 않는 곳에 있는
나의 딸들을

주님께
온전히 맡기며
모두 키워 주시기를
성모님께 간구드립니다.

나의 따뜻한 빛의
위로자이신 어머니

포근한 바람결 되어

저희 가족이
모든 위험에서
안전하게 되기를

성령으로
지혜와 건강 주시어
언제나 거룩한 삶을
살아가도록

성모님과 주님 곁에
영원히 함께 머무는
가족 되기를

간절히
기도드리오니
성모님 저희 가족을 위하여
전구해 주소서.

나의 발자국

잠시 발걸음을 멈추어
나를 돌아보네.
한 걸음 한 걸음으로 새겨진
나의 발자국

언제부터인지
한 걸음 한 걸음 내디뎠던
나의 발자국은

때로는 숨 가쁘게 달리고
때로는 지친 발자국을
남기고 있었네.

지금도
감사로이
희로애락의 길을 걷고 있는
나의 발자국

아침을 향해 걸어가는
새벽녘의 발자국은

포근한 바람결 되어

신비로움으로 피어나
깊숙이
아침을 품어내고 있네.

푸르름에 흠뻑 젖어 있는
저 하늘빛의 신비 속에
한 걸음 한 걸음 내딛고 싶은
나의 발자국

감사의 발자국
기쁨의 발자국
희망의 발자국

이 모두가 어우러져
스며들고 있는
저 신비로운 하늘빛처럼

나의 발걸음도
빛을 향해
조심스럽게 내딛는
발자국이 되게
하여 주소서.

내 마음

내 마음은
물과 같네

햇빛으로
푸른 바다가 되기도 하고
비바람으로
회색 바다가 되기도 하네.

바람결에 따라
잔잔한 물결로,
때로는
성난 파도가 되기도 하고

바위에 부딪혀서
마음이
부서지기도 하네.

내 마음은
살랑살랑 부는

포근한 바람결 되어

바람으로도

흔들거리는
물과 같네.

성령님의 도우심으로
오늘 하루도

햇빛에 반짝이는
푸른 바다가
되고

아침 이슬이 되어
풀잎과 이야기를
건네기도 하며

샘물이 되어
시원한 물 한잔을
건네주기도 하는
내 마음이 될 수 있도록
하여 주소서

머무르심

자연의 아주 작은
하나하나에도
하느님은
머무르고 계시네.

하늘에서도
땅에서도
바다에서도
산에서도

셀 수 없이 많은
자연의 모든 것들을
형형색색으로

제각기
아름다운 모습으로
살아가도록
섭렵하고 계시네.

포근한 바람결 되어

아주 작은 나에게조차도
희로애락을 함께 나누며
이웃과 동행할 수 있도록

지금도

우리를
자연의 모든 것들과
일치되어
아름다운 조화를 이루며
살아가도록

머무르고 계시네.

나의 하느님

따뜻한 봄날
빛의 한 조각
살며시 스며들어
연푸른 마음 새겨 주시고

청옥의 맑은 물
얼굴을 씻어 내려
요정 마음 새겨 주시고

살며시 날리는 바람결로
하늘하늘
마음의 옷을 입혀 주시며

새록새록
당신의 마음으로
키워 주시고 계시는
나의 하느님

포근한 바람결 되어

무지개 약속

구름 사이로 나오는
무지개를 바라보실 때면
주님은 사랑의 약속을
기억하시고

회개하는 나에게
주님은 아름다움을
보여 주시네.

신비의 햇살로
아롱아롱 물들어 비치는
저 무지개처럼

주님의 자비로
고운 빛 알알이 서려
비치는
무지갯빛 되도록

저를 지켜 주시고
저를 기억해 주소서.

비

오래오래
하늘 여행 끝에
이루어 낸

방울방울
물방울

은빛을 머금은
비가 되어
내리기 시작하네.

산과 들에
흙내음을 전하고

풀잎에도
꽃에도
나무에도
생기가 돋아나게 하고

포근한 바람결 되어

우리 모두에게
목마르지 않게
물을 건네주네.

하느님께서 주신
선물을 가득 안고
내려오는 비

나에게도
내려 주시네.

빈 통

차곡차곡
가득히 채워 놓은
통을 바라보네

셀 수 없는 시간 동안

먼지가 쌓여
틈이 없을 만큼의 무게로
꽉 채워지고 있는
통을 바라보네

내 안에 쌓인
많은 것들을
비워 내고픈
마음으로

빈 통을 바라보네.

포근한 바람결 되어

하느님의 자비하심으로
솜털처럼 가벼워진
내 마음 되게 하소서.

빛으로

매 순간 넘어지기만 하는
나를 안타까워하시는
주님

세상을 구원하시는
참 진리의 빛으로

영원한 생명으로 향한
자비의 빛으로

어두움으로
어디로 발걸음을
옮겨야 하는지

어디로 향하고 있는지
앞을 볼 수가 없는
나에게

밤바다를 비추고 있는

등대의 불빛을 보며,
방향을 잃지 않고
항해를 하는 배처럼

영원한 생명으로
항해하는 나에게도
방향을 잃지 않도록

빛을
비추어 주고 계시네.

빛을 향한 바람

하느님의 바람으로
꽉 찬 자연의 섭리

이렇듯 강한 폭풍우 주시며
삶을 걷는 나에게
오늘도 일깨워 주시네.

폭풍우에
하염없이 하염없이
부러질 듯 부러질 듯
흠뻑 젖은 몸을 맡기며

오래도록 오래도록
길고 긴 시간들을 견디며
서 있는 저 나무들

꽃을 피울
아름다운 훗날을 기다리며

포근한 바람결 되어

강한 비바람 견디는
저 나무들처럼

꽃을 피울
아름다운 훗날을 기다리며
말씀의 빛에 물들어 가는
내가 되게 하소서.

사랑으로

봄볕의 따스함이
스며있는 포근한 사랑으로
어여삐 바라보고 계시는
하느님

오늘도

비눗방울같이 사라지기 쉬운
나의 마음

유리처럼 깨지기 쉬운
나의 마음

다스리기 어려운
나의 마음

그래도
포근한 사랑으로
어여삐 바라보시는
하느님 계시네.

포근한 바람결 되어

사제

하느님께 바치는
거룩한
미사성제로

우리 영혼에
평온함을
이끄시는 사제

엄마의 자리처럼
늘 그 자리에서

우리의 신앙을
지키고 자라도록
하려는 사제

하느님의 사랑
하느님의 위로를
전해 주시네.

새로움

온 우주를
사랑으로
섭렵하시는 하느님

언제나
새로움이라는
희망을 감싸 안아

순간순간을
새롭게 새롭게
기회 주시네.

지금이라는
오늘이라는
내일이라는

언제나
새로운 시간 속에

나무가 자라듯
아이가 자라듯

영원을 향해
나아가도록
하느님께서 주신
축복이네.

세월

하느님께서 지으신
영원 속에서
나에게도 주신 선물,

세월

언젠가부터
부딪히는 바람결에
다듬어지면서
만들어 내고 있는
의연한 자태를 지닌
바위들

언젠가부터
뜨거운 열기와 함께
멀고 먼 옛이야기를
고즈넉이 전해 주면서
광활하게 펼치고 있는
사막

포근한 바람결 되어

언젠가부터
눈과 얼음으로
강하게 다져진
거대한 빙산

세월이
만들어 내고 있는
기나긴 세월의 흔적을 읽네

언젠가부터
이 세월은 나와 함께
동행하자 하네

이 세월과 함께
한 순간 한 순간을
지내고 있는
나.

이 영원의 세월은,
서로서로
아름답게 만들어지면서
함께 가자고 하네.

신비로움 가득

강렬한 태양빛보다
강한 사랑을
뿜어내시는
하느님의 기운으로

상처된 모습
어루만지시는
예수님의 기운으로

애처로운 마음 되어
곁에 계시는
성모님의 기운에

사랑 가득 담아
올곧은 마음으로
섬기셨던 성인들의
믿음의 기운과 함께

　　　　　　　　포근한 바람결 되어

사랑과 믿음의 기운이
어우러져 있는
축복된 우주

믿음의 기운으로
함께 하나되어
서 있는 우리
신비이네.

실수

오늘도
실수를 하면서 보냈다.

매일 매일
실수에 실수에
후회의 연속이네.

생각으로
말로
행동으로
빚어내고 있는
실수들

후회는
회오리바람이 되어
내 마음을
온통 휘저어 놓고 있네.

포근한 바람결 되어

언제나
흔적으로 남겨지고 있는
실수들
이 또한 나의 삶이네.

이 실수 또한
하느님께서
나를 성장할 수 있도록
주시는 은총의 선물

실수를 할 때면
언제나
성모님께로
향하는 나의 마음.

해를 머금고 자라는
해바라기처럼

나에게도
하늘을 향하여 자라도록
키워 주시네.

아침의 기도

날마다
서툴게 걷고 있음을
아시는 하느님

간절한 마음 되어
하느님을 향해 걷고 있는
이 발걸음에 강복하시고

날마다
하느님 향해 걷는 길
보살펴 주소서.

태양이 떠오르며
새 아침을 맞이하듯이
우리 영혼에 새 아침을
마련해 주시는 말씀들로

아침 햇살 받아

포근한 바람결 되어

생명으로 빛나는
사막에서의 이슬방울처럼

아침 햇살 받아
언제나 영롱한 아침과 같은
영혼 되게 하소서.

엄마의 마음은

사랑하는 나의 딸들아

성부 성자 성령님
성모님께서
모든 성인들께서
언제나 나의 딸들을

포근히 안아 주시기를
거룩하게 지켜 주시기를
간절히 기도로 청하며

엄마의 마음을 곁에 놓는다.

멀리 서로가 떨어져 지내도
언제나 곁에서
이야기하며
지켜 주고 싶은 마음으로.

엄마의 마음을 곁에 놓는다.

　　　　　　　　　　　포근한 바람결 되어

한 켜 한 켜 아름다움으로
채워지는 삶이
되기를 바라는 마음으로

엄마의 마음을 곁에 놓는다.

성모님의 향기

온 세상을
성모님의 향기로
가득 채우며
안타까이
곁에서 지켜 주시네.

구원을 위한
걸음마의 길에서
행여 넘어질까
지켜보시며

예수님의 넘어지심을
애처로이
지켜보심과 같이

행여 넘어질까
성모님의 향기 건네며
지켜보고 계시네.

　　　　　　　　　　　포근한 바람결 되어

일상의 글

여행길

나는,
늘 두 세상을 오가며
살고 있다.

아침이 오면
눈을 뜨고
세상 보이는 것들과

함께…
숨 쉬며 살고,

밤이 되면
잠이 들어
보이지 않는 세상에서

나 혼자만이…
숨을 쉬며
살고 있다.

포근한 바람결 되어

이곳저곳
어느 곳을 바라보아도
기억할 수 없는

보이지 않는
또 하나의 세상.

나는
언제나 두 세상을
오가며 살고 있다.

내가 태어나는 순간부터
수호천사님과는
그리 약속되었나 보다.

눈을 감아 본다.
다시
나의 다른 세상으로

수호천사님은
나를 안내한다.

어딘가로의 여행에서
또다시
아침이 되면
지금의 나에게로 안내한다.

온전히
하느님의 섭리 안에서.

오늘도
수호천사님과 함께
어디를 다녀왔는지
모르지만

다시 아침이라는 밝음의 세상으로
나를 안내해 주고 있다.

포근한 바람결 되어

이 밝음의 여백을 채워 보도록

오늘도
새로운 공간을 선물로 주시며
사랑으로
바라보고 계시는 하느님.

우리 모두는

온전히
하느님의
지으심 안에서

가녀린 풀잎에게도
자디잔 꽃잎에게도
자그마한 곤충에게도

바람이
스치며 다가오듯이

하느님께로부터
불어오는
바람은

우리 모두에게로
솜털처럼
다가와 스치며

포근한 바람결 되어

나도
우리 모두라고
말을 건네 주시네.

일상의 글

자연은

해와 달
하늘과 땅
산과 바다

그리고
바람과 공기

나의 가족이네.

부모 마음이신
하느님
아낌없이 주시려
나를 향하고

물 한 모금
땀 한 방울
감사히 드리는
자녀 마음 되고

자연 모두는
부모형제로
아우러져야 하는

나의 가족임을
새삼스레
이제서야 깨닫네.

저 숲속

나를 태어나게 하시고
나를 다시 데려가실 그때
그리고 영원히

하느님께서
나에게도 주신
자연의 질서를

깨뜨리지 않고 지키면서
소중히 살고 싶네.

언제나 아름다운 모습으로
자연의 모든 것들을
품어 감싸 안아주고 있는
저 숲속

모든 것의 향기를
품으면서 나오는
한없이 깊고

상쾌한 향기를

전설의 이야기와 함께
오늘도 품어내고 있네.

하느님께서 지어내신
그 순간부터
저 숲은

깊고 시원함을 주는
전설의 향기를 더해
언제나처럼
내어 주고 있네.

나의 삶도
저 숲의 삶처럼
닮아 갈 수 있도록 하여 주소서.

제자리로

교회의 종소리
나를 일깨우네

멀리서 들려오는
교회의 종소리는
나의 감각 모두를
일깨워 주네

성령이 깃든
이 종소리는
온 세상을
신비로움으로
채워주고 있네.

잠시 잊힌
나의 마음,
내 영혼 깊숙이까지
행복을 일깨워 주고

예수님의 마음이
가슴 벅찬 희망으로
전해지네

다시 제자리로,

부르시는
정감 있는 목소리

평화의 그리움이
교회의 마음이
스며서 울리네.

지금은

천재지변으로

불길에 휩싸여
연기와 재로
뒤덮여 있는 하늘

지금을
살고 있네.

흙에서 왔으니
흙으로 돌아가리라

재를 맞으며
겸손한 자세
되기를 바라시는
하느님.

하느님 사랑으로
만들어진

자연의 섭리 앞에

간절히
겸손해져야 하는
가르침을
잊고 살았음을

지금
자연은 말하고 있네.

따사로운 햇살 아래
파란빛 머금은
하늘을 기다리며

지금을
살고 있네.

한 처음

한 처음 하느님의 신비로
세상을 만드시어
생명의 기운이 서려 있는
자연의 세상이 되고

한 처음 하느님의 사랑으로
하느님 닮은 사람을 만드시어
축복과 은총의 기운이
가득한 세상이 되었네.

언제나
새로운 바람을 맞이하는
나뭇잎들처럼

성령의 바람으로
새로움을 맞이할 수 있게
해 주시는 하느님

포근한 바람결 되어

이 자연에 베풀어 주신
자연의 생명은
하느님을 향한 마음 되고

이 자연을 보살펴 주시는
하느님의 섭리는
우리를 향한 마음이시네.

한잔의 물

고요함으로 가득한
한여름의 산속

나뭇잎으로 퇴적이 된
물길을 따라
가만가만
흘러내리면서
나를 부르고 있네.

숲만이 지니고 있는
향기로 흠뻑 적셔진
물을 건네주며

나에게
시원함을
전해 주고 있네

모든 것을 내어 주고
품어주는

포근한 바람결 되어

저 산속의 물

오늘처럼 지친 나에게
시원한 물을
건네주고 있네.

풀잎에 맺혀 있는
이슬방울들도

방울방울 모아서
한 모금의 물로
하느님께 내어 드리네.

나 또한
서로서로 함께

사랑의 물방울
배려의 물방울
베풂의 물방울

방울방울 모아
촉촉이 적시어서
고요함과 신비함이 깃든
물이 되면

예수님은
늘 나의 곁에서
목마르지 않으시리라

언제나
서로서로에게

산속의 향기가
가득 스며 있는
한 잔의 물을 드리는
내가 되도록
하여 주소서.

해바라기 마음

성모님과 나는
해바라기

잠시
한눈을 팔고 있으면
방향을
잃지 않도록

일깨우며
바라보시는
성모님,

성모님께로 향하는
나의 마음
성모님께로 달려가는
나의 마음
언제나 곁에 있고 싶은
나의 마음

들녘을 가득히
해만 바라보며
알알이 꽉 채워지면서
노랗게 물들이고 있는
해바라기

나의 하소연들을
주저리주저리
가득가득
마음에 담고,

성모님을 향해
이야기하는
나는
해바라기.

오로지
하느님 곁에서
해바라기 되시어

창조된 모두가
파릇파릇한
생명의 기운 속에서
지내기를
소망하시며

언제나
바라보고 계시는
성모님

성모님과 나는
해바라기.

해피

우리 집 강아지는
열아홉 살 나의 천사
해피랍니다.

갓 태어난 해피는
호기심 넘치는
천방지축이었지요.

마치 나의 어릴 적
나 혼자밖에 잘난 사람은
아무도 없는 줄 알았던 것처럼요.

우리 해피가 자라서는
사람만 보아도, 다른 멍멍이들만 보아도
마구 짖어 대었답니다.

마치 나의 밖에서 일어나는 일로만
온통 내 마음이 요동치며
지금껏 살아왔던 것처럼요.

포근한 바람결 되어

이제는 우리 해피가
눈과 귀가 멀고 기억도
못하는 때가 되었답니다

몸을 지탱하기 힘든
우리 해피는
마음의 눈과 귀가 먼 나에게

오늘도
나 자신을 향한 반성과
이웃을 향한 넉넉한 사랑의 가르침을 주며
견디고 있답니다.

우리 해피가 성모님의 품에 안기어
하느님께로 평안히 인도되는
영광 있기를 기도하며

해피와 함께하고 있는
이 순간에 감사합니다.

우리 집 강아지는
열아홉 살 나의 천사
해피랍니다.

구름

구름 친구야
넌 나의 하루

오늘도 수많은
이야기 건네며 다가오는
넌 나의 친구

때로는 멀리서
때로는 가까이에서

때로는 비구름 되어
까맣게 하늘을 가리며
나의 슬픈 마음 위로해 주고

때로는 포근히 피어나
눈밭을 만들며
파란 마음 건네주는

언제나 곁에 있어
수많은 이야기 건네고픈
넌 나의 친구

걷는 길

연초록 어린 새싹
파릇파릇함
하늘 가득 날리며

엄마 손 잡고
걷는 길
감싸 주고

시원한 바람결에
옛이야기
가득 서려 있는
포플러 가로수

엄마 되어
걷는 길
위로해 주고

이제는
고즈넉이

포근한 바람결 되어

마른 풀 되어
채색된 길섶

형형색색
파스텔빛 고운 입자
하늘 가득 날려

엄마 되어
걷는 길
감싸 주네.

그리움

방울방울
또옥또옥
깊은 산속

도란도란
이야기 쌓여
도랑물 되었네.

내 곁에서 지내던
소중한 만남은

어느새
애절한 그리움을
간직한 채

개울을
굽이굽이 흘러
시냇물 되어 있네.

막을 수 없는
자연의 흐름.

그러나
영원으로 향한
나의 마음을

언제나
같이 있고 싶은
희망의 그리움을

조각배에 담아
아름다운
자연의 흐름에
띄워 보내고 싶네.

길 위에 서서

길 위에 서서
바라다보네

자연의 흐름에
겨울나무와 함께
서 있는 나

침묵의 자연 속에서
저 나무들은
같이 서 있자고 하네.

이제는 조금씩 조금씩
입었던 옷들을 벗어내고

온갖 시절을 겪어내며
이제는 겸허해진
저 겨울나무들

침묵의 기운으로
길 위에 서 있는
나를
반추하게 하네.

나의 목장 집

어렸을 적 이야기를
바람에 실어
그리움을 흠뻑 날리는
목장의 언덕

흙내음을
한가득 건네주는
들풀도

한여름
열기로 감싸여
바람에 일렁이는
밀보리밭도

그리움 되어
내 마음에 일렁이네.

빨랫줄에 앉아
초가을을 알리는

고추잠자리

맑은 눈의 송아지
음메
음메

부모형제들과
어우러진 시간들
그리움의 메아리 되어
울리네.

잊을 수 없는
나의 목장 집

아버지와 함께

아버지와 함께 바라보는
가득 찬
풍요로운 들녘

한 여름날의 바람과 함께
들녘은
나에게도 오래된
잔잔한 이야기가 있다고
전해 주고 있었네.

자운영꽃으로
가득히 채색된 들녘은
어린 시절을 가득 담아
한 폭의 그림이 되어

아버지와 함께
나에게 새겨지고 있네.

꽃의 향기로움과 함께

포근한 바람결 되어

벌들의 이야기도
전해 듣고 있는
들녘

새하얀 눈이 쌓인 들녘은
나의 마음을 온통
천상에 서 있게 만드는
마술사

결실을 맺도록
밑받침이 되어주는
들녘은

살아오고 있는 내내
아버지와 함께
언제나 소박한 안식처가
되어주고 있네

누나야

풋풋한 장독대의
숨결 사이로 들려오는
정겨운 목소리
누나야

소복소복 포근히
내리는 눈처럼
다정히 부르는
누나야

나뭇잎에도 처마에도
또옥또옥 반가움을
전하는 밤비처럼

정겨운 목소리로
들려오는
누나야

지금은
하늘 녘에서 맴돌며
불러주고 있네.

나이테

한 호흡 한 호흡
나이테를 새기며
삶의 나무 되네

아침 되어 비추는 태양은
아침이슬을 맺게 하며
싱그러움으로
또 다른 하루를 알리고

둥둥 물 위에서 노니는
철새들의 잔치는
또 다른 시간의 즐거움을 알리고

여전히 부서지는 파도는
하얀 물방울 되어
모래 속으로 살며시
시간 속에 스며지듯이

포근한 바람결 되어

한 호흡 한 호흡
잔잔히 선을 향해 스며지는
삶의 나무 되기를…

길섶

청초히 곱게 피어
길섶을 아름답게 해 주는
코스모스처럼

화사한 여름을 장식하며
아름다움을 뿜어내고 있는
장미처럼

모든 것을 내어 주고
겸허한 모습 되어 반겨 주는
파스텔빛 고운
마른 풀처럼

좋은 모습 되어
길섶을 장식하는
내가 되게 하소서.

녹차 한잔

깊은 산속의 물
또옥또옥
소박한 찻잔 안에
담기고

따뜻함으로
푸르름으로
녹아내림은
푸른 마음 되고

은은히 우러나는
잎새 향은
평안으로 이끌어 주네.

깊은 산속의 침묵이
감돌고 있는
녹차 한잔

다시 가 보고 싶은 길

시간의 흐름을 타고
다시 가 보고 싶은 길

그리운 가족이
숨 쉬고 살았던 그때

귓가에 울려오는
엄마 아빠의 소리
동생들과 놀던 소리

딸그락딸그락
설거지 소리

탕탕탕
빨래 빠는
방망이 소리

재잘재잘
나뭇가지 위의

포근한 바람결 되어

새들의 소리

즐거운 선율을
하늘에 날리고
다시 가 보고 싶은 길

이제는 저만치
돌아갈 수 없는
길 위에 서서
오늘을 걷고 있네.

들풀

따사로운 햇살 아래
연푸른 새싹 되어
싱그러운 마음 전하고

비에 흠뻑 젖어
가누기 힘든 몸이 되어도
물길이 지나도록
배려해 주며

세찬 바람이 불 때면
바람이 지나가도록
자신을 숙여 주는
들풀

고운 빛 마른 풀 되어
부드러운 마음
스며들게 하고

눈 속에 덮여 있어도

포근한 바람결 되어

또 다른 새싹을 준비하는
희망으로

언제나
사랑을 머금고 사는
아름다운 들풀

물안개

햇살을 부수어
눈부신 잔치
벌리고 있는 물안개

잔잔한 물 위에
둥실둥실 갈매기
물결을 가르고

하얀빛 물안개
마음에 가득 담고
갈매기 나르네.

아침 햇살 받아

온 세상에
평화로움 가득
피어나게 하고

살며시
따뜻함 전하는
물안개 마음.

물 위에

물 위에
저마다의 고운
가을빛을 머금고

산과 바위를
안고 서 있는
저 산의 모습 비치고

물 위에
오늘의 모든 순간들을
감싸 안고

하루의 안위를
지니고 서 있는
저 석양의 모습 비치듯

선으로 어우러진
아름다운
삶의 모습 되어

포근한 바람결 되어

잔잔한 물 위에
비치게 하소서

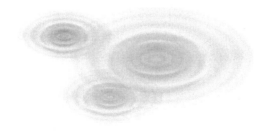

미소의 선물

아침의 신비로운
미소는
깊고 상쾌함을
선물로 건네주고

길섶에
흐드러지게 피어 있는
꽃잎의 미소는

내 마음을
아름다운 색상으로
물들이고 있네.

바다의 물도
하늘빛이 주는
미소로
잔잔하게
반짝이고 있듯이

오늘도
온화한 미소로

기쁨을 품어내는
나의 하루가
되게 하소서.

하얀 눈

눈은
신비로
온 세상을 하얗게
하늘마음 만들고

눈은
신비로
온 세상에 기쁨 가득
하늘마음 내려 주네.

눈은
신비로
모두의 마음 덮어 주어
하늘마음 만들고

눈은
신비로
온 세상에 포근한
하늘마음 내려 주네.

벚꽃잎

가로수 길 따라
휘날리는
벚꽃잎은

삶의 버거움을
시간에 기대며
걷는 나에게

따사로운 햇살 받아
잔잔한 꿈
알알이 새겨

새하얀 꽃잎을
고운 빛으로
감싸 안고

수줍음 가득
살며시
나의 마음에
내려앉네.

비바람아

세찬 빗줄기
마음을 씻어 내리고
세찬 바람
마음을 열어 주네

세찬 비바람
나무들을
정화시켜 주듯

근심 걱정
어딘가에 병들어 있을
몸과 마음

나의 형제인
비바람아
이 모든 것 씻기고
날려 버려

잔잔한
평화로움으로
가득 채워 보자꾸나.

비 갠 아침

두려움으로 가득 찬
번개와 천둥은
온 밤하늘을 휘젓고

거센 비바람은
잠들어 있는
나무들을 깨우고
온 세상을 적시네.

비 갠 후 아침은
햇빛으로
은빛 물 머금은
나뭇잎 되어 반짝이고

모든 어려움을 견디고
평화로움을 되찾듯이
비바람을 견디어 낸
온 세상은

시원한 하늘빛 머금어
평온한 기운이 서려 있는
아침이 되었네.

비움

언제나 빈자리를
만들어 내는 나무

도란도란
한없는 사랑을 나누며
세월 속에 서 있네.

아낌없이
나뭇잎을
다 떨어뜨리며

여백의 자리를
내어 주는
겸허한 마음

마음의 비움을
알려 주는
고마운 나무

언제나 빈자리를 만들어 내는
나무 마음 닮는
내가 되게 하소서

빈손이 아니었네

세상을 향한 마음
빈손 되어
하늘 오르고

하늘 향한 마음
가득 채워
하늘 오르네

재잘거리는
새들의 소리

사각사각
바람과 함께하는
나뭇잎 부딪치는 소리

무지개 타고 하늘 오르듯

저마다의 아름다운 향기로
하늘 향한 마음

가득 모아

하늘로 오르게 하소서

여정

우리가 걷는 길
바람 되어 걷고

우리가 걷는 길
비에 젖어 걷고

우리가 걷는 길
병들어 걷고

우리가 걷는 길
아픔 되어 걷네.

언제려나
우리 모두 걷는 길
희망 되어 걷고

이제려나
아픈 마음 전하며
우리 함께 걷는 길
사랑으로 걷네.

삶의 옷감

얼기설기
옷 짜임으로
삶의 옷감
만들어 가네.

얼기설기
수만 가닥의 사연을 담아
삶을 엮어가네.

희로애락이 담겨
쩌이고 있는
나의 옷감

하늘마음으로
한 가닥 한 가닥 엮인
고운 옷감 되면
곱디 곱다 하리라.

세상살이 힘들다 생각될 때

해피야
너도 세상 살기 힘들었지

넌 세상살이에서
주변에서 벌어지는 일들을
어떻게 받아들이며
살았을까

지금은
눈도 귀도 멀고
앉아 있기도 힘들어하는
나의 해피

기력이 탈진하여 마구 구르는
기진맥진 지친 너의 모습에서

그래도
안간힘을 쓰며
일어나 보려고

애쓰는 너의 모습에서

다시 힘을 내어 일어나야 함을
너에게 배운다.
해피야.
해피야.

세월의 한 올 틈새에

세월의 한 올 틈새 안에서
나의 생각과 몸은
삶을 끌어안고
오늘도 쉴 틈 없이
달리기를 한다.

어딘가에 탈이 나 있을지
생각할 틈도 없이
덜커덩덜커덩
달려 온 나의 삶에

어느 날 갑자기
생명을 무자비하게 휩쓸고 가는
코로나 바이러스라는 재앙은
온 세상을 한겨울 공원으로 만들고

가족과 친지를 잃은 슬픔을
한가득 감싸 안고
세상을 향해

조심조심 발을 내딛게 하네.

분주히 달리기만 하는
삶의 틀에 얽매여
흔들흔들
세상과 함께하는 시간들

세상과 나 사이에서
세월을 끌어안고
빛의 속도에 꼬옥 달라붙어
지내는 나

뜨거운 햇살 받으며
꽉꽉 채워지기를 바라는
샛노란 해바라기 바람처럼

세월의 한 올 틈새에
이제는
영원을 향한
나의 바람을 채우고 싶네.

새벽의 기운

새벽의 상쾌한 기운은
온 나를 적시고

새벽의 상쾌한 기운은
온 세상을 감싸고

새벽의 상쾌한 기운은
희망의 빛을 만드네.

시간

돌아보니
그 순간들이
아름다운
시간이었듯이

지금 보니
지금 이 순간들이
아름다운
시간이네.

아침 바다

상쾌함을 가득
새벽의 하늘과
만나고 있는 아침 바다

상서로움 가득
태초의 신비를 그대로
오늘도 뿜어내는
아침 바다.

태고의 원모습에
내가 서 있음을
일깨워 주며

신비의 푸르름 깊숙이
나를 초대하고 있는
아침 바다

온 세상에도
내 마음에도
잔잔한 물결 되어
저며오네.

아지랑이

세상의 마음
승화되어
피어오르는
아지랑이

하늘마음 되어
모락모락
하늘을 나르네.

들판의 전설에
고요함으로 서려진
아지랑이

평화의 마음 되어
모락모락
하늘을 나르네.

오늘도

하늘 향한 마음 스며져
설렘으로 채색되고 있는
수줍은 꽃잎들

맑은 이슬방울 머금어
신비의 마음 적셔진
작은 꽃송이 되어
하늘마음 전해 드릴까

새벽의 기운으로
감싸여 스미고 있는
신비로운 꽃잎들

오늘도
하늘 향한 마음 스며
새벽 기운 흠뻑 적셔진
수줍은 꽃송이 되네.

연꽃

숲속 연못에
고요히 피어 있는
연꽃

진흙탕 속에서도
비가 내려도
강인하게 자라네.

빗방울을 튕겨
도르르
굴러 내리게 하는
꽃잎

본연의 자태를
의연하게 지키며
아름답게 피어 있는
꽃송이

내 가야 할 소명이라면
가는 길이
힘든 여정이어도
연연하지 않고

아름답게 피어 있는
저 연꽃을 닮은
내가 되고 싶다.

오늘을 살아요

한겨울 길에서
집을 잃고 갈 곳이 없는 슬픔은
피눈물을 얼어붙게 하고

홀로이 아픔의 병고를
추위 속에서 견디는 슬픔은
마음속의 피멍조차
얼어붙게 하네.

외면하는 차가운 시선들은
한겨울 빙판길 되어
자꾸만 넘어지게 만들어도

함께하는 따뜻한 시선들은
작열하는 태양빛 되어
마음을 녹여 주네.

매서운 강추위 속에서도
새싹이 움트는

포근한 바람결 되어

따뜻한 봄날을 기다리며 서 있는
저 겨울나무처럼

우리 함께 오늘을 살아요.

이제서야 알았습니다

집을 잃고 갈 곳 없는 슬픔은
어려움을 겪고 난 후
이제서야 알았습니다.

예전엔
그 마음을 헤아리지 못한 죄송함이
마음에 스밉니다.

소외되어 살아오신 분들의
처절한 마음을
가족을 잃고 가슴에 묻으며
살아가는 슬픔을

예전엔
그 마음을 헤아리지 못했던 죄송함이
마음에 스밉니다.

노오랗게 물들어 가는
저 들녘의 곡식들처럼

포근한 바람결 되어

언제나 하나되고픈
마음 모아
알알이 맺는 삶 되도록

어려움이라는 처방을
감사히 받아
마음에 스며들게 하소서.

장미꽃밭

따사로운
햇살 아래
장미꽃밭

채색된
그림밭 되네

화사한 색깔
그윽한 향을
고즈넉이 담아
뿜어내어

내 마음에도
화사한
장미꽃밭을
건네주고 있네.

한여름날
설렘을

포근한 바람결 되어

날려 주는
바람결에

아름다운
장미꽃과 향기

저 멀리멀리
하늘 높이
어디까지 닿을까

언제쯤 닿을까
그곳 까지

장미꽃과 향기
듬뿍 담아서
내 마음
날려 보내고 싶네.

저마다의 모습으로

저마다의 모습으로
아름다운 마음으로
찬미하고 있는
세상의 모든 것들

어두움과 밝음을
나누어 주고
빛을 선물하는
태양 그리고 달

출렁이는 바다에게도
말없이 지키는 바위에게도
부드럽고 때로는 강함을
느끼게 하는 바람결도

모두 오늘을 숨 쉬며
묵묵히
저마다의 모습으로,
아름다운 마음을

포근한 바람결 되어

나누고 있듯이

오늘 하루도
바람에 흔들리는,
아주 작은 꽃잎처럼
흔들리며 지내지만

그래도
다시 제자리
나의 모습으로

세상의 모든 것들 속에서
아주 작은 찬미 노래하며
오늘을 지내고 있네.

트레비 분수

태양 빛 받아 빛나며
우람한 조각상들의
힘 사이로 뿜어 나오는
트레비 분수

깊은 숲속 흐르는
계곡의 물소리가
여름의 시원함을 건네주듯

내 마음 깊숙이까지
푸른 숲과 어우러져 울리며
그 옛날의 이야기들을
들려주고 있네.

옥빛 물들어 출렁이며
나에게 다가오는
저 물결에
한 조각 위안의 마음을 싣고

포근한 바람결 되어

시원한 기상을 담아
나누어 갖는
내가 되게 하소서.

파도

하얗게 부서지며
살며시 다가와
고운 빛 파란 이야기
건네주는 파도

하늘 빛 받아
반짝이는
하늘마음 건네주고

구름 빛 받아
회색빛
구름 마음 건네주고

비바람 마음 받아
검푸른 빛
사나운 마음 건네주며

쉬지 않고
수많은 이야기

부스러뜨리면서

하얀 마음 되어
잔잔한 이야기
함께 나누자 하네.

하얀 마음
시원한 마음
간직하고
언제나 다가오는
파도 마음 되어보네.

페리

새로움을 향한 희망 가득
오늘을 향한 설렘 가득

출렁출렁
푸른 물결 가르며
나아가고 있는 페리

희망을 간직하고
용기를 잃지 않도록
부서지는 흰 물결의
응원을 받으며

엷은 안개 살며시
포근한 바람결에 걸치고
햇빛 받아 반짝이는
물결의 축복 받으며

새로움을 향한 희망 가득
오늘을 향한 설렘 가득

포근한 바람결 되어

힘차게
은빛 물결 가르며

저마다의 소중한 희망을
가득 싣고
나아가고 있는 페리.

이른 아침

이른 아침
새벽 공기로
오늘의 상쾌함을
마음에 스미게 하고

고요한 기운은
오늘을 향한
잔잔한
평화가 피어나게 하고

바다 위 갈매기
기쁨을 실어
나르게 하고

동을 트게 하는
태양 빛으로

마음의 동을
트게 하는
이른 아침이네

포근한 바람결 되어

폭포수

무지개와 함께
부서져 내리는
저 거대한 폭포수

내 마음의 앙금을
세차게
부서뜨리고

세상의 일들을
모두 잊게 하는
저 물소리는

어느새
무지갯빛 머금은
물안개 되어

한없는
기쁨으로
나를 적시어 주네.

풀벌레 소리

초가을의 햇살이
바람을 타고
부서지면서

모두에게
따뜻함을 전하네.

나의 쉼터인
아늑한 산자락에
나와 함께하는

나무들에도
들꽃들에도
풀들에도
따뜻함을 전해 주네.

한적한 오후
나지막이 들려오는
풀벌레 소리는

포근한 바람결 되어

따스한 햇살과 함께
평화 되어
마음에 스며드네.

초가을을 느끼게 하는
햇살이
바람을 타고
부서지면서
모두에게
따뜻함을 전하네.

나의 쉼터인
아늑한 산자락에서
함께하는

나무들에도
들꽃들에도
풀들에도
따뜻함을 전해주네.

한적한 오후
산자락에 누워
조용히 들려오는
풀벌레 소리

저마다의
아름다운 선율로
합창하는 소리는

따스함을 전하는
햇살과 함께
행복을 전해 주고 있네.

포근한 바람결 되어

하얀 구름

파란 하늘에
하얗게 펼치며
오늘을 만들고 있는
하얀 구름

하얀 고운 실 얇게 짜여
하늘거리는 듯
엷은 바람을 스쳐 지나가는 듯
서로를 바라보며
아름다움 만들자 하네.

세모난 네모난 모든 마음
품어 주고 덮어 주며
솜사탕 같은 포근한 마음으로
아름다움 만들자 하네.

따뜻한 하늘 만드는 하얀 구름
솜사탕 마음 되어
누구에겐가 포근한 마음 전하며
오늘을 만들고 있네.

나의 엄마

따사로운 봄볕 머금은
버드나무 아래
포근히 감싸 안아주며

강아지풀로 한가로이
팔등을 간지럽히시던
나의 엄마

때로는 파란 하늘 아래에서
흰 구름의 옷을
살며시 걸쳐 입고

때로는 밤하늘에서
반짝이는 별들의 옷을
걸쳐 입고

엄마의 하늘에서
마구 뛰놀며
살아 왔었네

포근한 바람결 되어

그렇게 지내며
살아왔었네.

엄마의 모습을
볼 수 없는
지금은

포근한 바람결 되어
엄마가 내 안에 스며
함께하고 있다고

파란 하늘 높이서
하얗게 곱게 짜인
저 흰 구름의 옷을 입고
나를 위로해 주시네.

그리움 담아 불러 보는
엄마
나의 엄마